ウドの31音

ウド鈴木

飯塚書店

JN071499

出会ってから
まだ間もないと
いうけれど
あなたに会うまで
時をかけてきた

朝が来る
ただそれだけで
嬉しいな
これからつくる
自分の歴史

どのように
生きていくのか
自分自身
すごい楽しみで
仕方ないんだ

一冊の
本をパラッと
めくるように
出てきたものに
ヒントあるかも

当たり前に
ある幸せに
気づけたら
すべてが光る
奇跡に思う

バカでもいい
利口でもいい
ハンパでも
枠とびこえて
大バカがいい

朝が来て
いつもと同じ
自分いる
これがなかなか
幸せなんだ

光とは
どこから来るの
探す日々
実はここから
光る我が身よ

失敗か
成功するか
不安尽きぬ
でもその前に
挑戦なんだ

見上げたら
ゆっくりと
雲動いてる
ゆっくりボクも
動いてみよう

正解を
知らないままに
生きる自分
嬉しいかぎりだ
生きるが答えだ

目が覚めて
また生きれると
思うこと
大それているが
すごいことなんだ

何をした
何してくれたと
差し引きせず
今の今から
すべてに感謝

まっすぐに
生きていくこと
難しく
曲げて結んで
切ってまっすぐ

弱点は
自分にとって
大事なもの
認めてあげて
愛おしく生きる

やさしさは
笑顔だったり
言葉にも
気配にもある
応援してる

成功の
自分もいいが
失敗の
自分も認めて
寄り添い救う

自分さえ
わからないのに
人のこと
わかるはずなく
だから楽しい

理屈では
わからなくても
感じたこと
それがヒントだ
備わる五感

おはようや
おやすみのときに
ありがとう
自分自身に
言ってあげよう

自分なんて
そんな言い方
してはならぬ
自分がいるから
感じる生きてる

とめどなく
流れる涙は
清らかに
自分をいたわり
人を敬う

行き先が
わからないのが
人生か
わかってたって
迷うんだもの

ほしいもの
数えるよりも
いらないもの
少なくしてみて
心のひきだし

喜怒哀楽
いいこともまた
わるいことも
儚く過ぎる
だから生きよう

少しずつ
日暮れがはやく
なるように
心の季節
受け入れ楽しむ

見てみよう
鏡にうつる
自分の顔
ほほえんでみて
応援してるよ

夢をみて
叶うかどうか
考える
だけども日々が
生きれる正夢

どうすれば
どうしたらいい
迷ったら
なんとかなるさと
言ってみるんだ

生きている
ただそれだけで
いいんだと
自分に聞かせる
自分に寄り添う

限られた
今を生きてる
自分たち
永遠じゃない
だからがんばる

ほほえみは
相手も自分も
お互いを
思いやるとき
生まれてくるもの

人のいたみ
心のいたみ
体もまた
おしはかってみる
生まれるいたわり

望んでいる
幸せいつも
先にある
だけども今も
ここにもあるかも

振り返れば
なんであんなこと
言ったんだ
訳わからずも
必死に生きてた

自分のため
なんとかするより
人のため
どうにかしたい
そこに力出る

この世では
強くもなれば
弱くもなる
常に同時に
進んで生きてる

なにもかも
手につけられない
そんな時
一回寝てみる
これがいいいんだ

不器用で
悩む人いる
器用だから
悩む人もいる
悩みも生きがい

木漏れ日の
下に笑顔の
君がいる
ただそれだけで
なんと幸せか

先人の
ひたむきな愛が
紡がれて
今あることに
心より感謝

幸せは
自分のしたこと
されたこと
必ず返る
ヒントは自分

セミは鳴く
絶えず懸命に
まっとうする
我が人生も
絶えず懸命に

今あること
今いることは
当たり前か
そうではないか
今一度感謝

会ったこと
ある人もいる
ない人も
いつも見守る
我がご先祖様

お疲れ様
まずは自分に
言ってみよう
よくがんばった
ありがたい自分

やさしさに
慣れていないか
ハッとする
すべてのことが
あたりまえじゃない

希望には
優しい力
あふれてる
欲望の中に
希望増えたら

変えれるもの
変わらないもの
あるがゆえに
人は悩むが
人は変われる

雨降れば
傘さしのべて
日が照っても
傘さしのべる
ふだん気づかず

人間は
多くを望む
限りなく
だけど持ち物
限りがあるのだ

おかげさま
言葉に出したり
心で言う
ふんわりふわり
やわらかくなる

つらいとき
チカラをくれた
その人を
思ってあげる
はなれていても

言葉とは
伝えるために
あるのだが
ひとり言でも
元気になれる

我が思い
貫くことも
大事だが
回り道でも
通る道ある

夢見ること
お金かからず
何度でも
寝ても覚めても
笑顔で生きる

一人では
生きていけない
身にしみる
してもらったこと
してあげたいなと

おだやかに
生きるあなたの
優しさは
たくさんの人
幸せにしてる

生きるのが
うまい人など
いないんだ
生かされている
ありがたく生きる

愛情は
受けとる幸せ
出す幸せ
愛は愛より出でて
受けるもの

我が細胞
目にすることは
できないが
私のために
ひたすらがんばる

この風が
あったかいのか
つめたいか
気持ちいいのか
震えてくるか

生まれてから
こうして生きてる
生かされてる
思えばなんと
ありがたいこと

歩くのか
立ち止まるのか
座るのか
その時その場所
見えてくるもの

できること
できないことを
明確に
すればするほど
できること光る

我が日本
世界の見本
民思う
なんと優しき
慈悲にあふれる

目に見えない
もののこわさを
目に見えない
こころのやさしさ
互いをまもる

歩く人
自転車の人
車の人
電車飛行機
生き方いろいろ

夢の中
現実じゃない
だけど今
生きてることが
もう夢なんだ

戸惑いは
誰にでもある
耳を貸す
耳をうたがい
耳かたむける

褒めてあげて
自分の体
がんばってる
心はきっと
つながっている

もう一人の
自分はある意味
他人になる
自分と同じく
思ってあげたい

我が快楽
たまにごほうび
差し上げて
人が笑顔で
ますます快楽

恋しくて
愛しい人に
思い寄せ
生きていること
ただただ嬉し

責任を
押しつけるのは
悲しかろう
押しつけられては
また悲しかろう

暗闇が
あるから明るさ
嬉しくて
夜には夜の
やすらぎもある

とびぬけた
ものを探して
みる前に
あなたは生まれて
とびぬけている

朝起きて
いつもやってる
ルーティンが
実はとっても
ありがたいんだ

いい人に
めぐり逢えたし
喜びは
初めましても
再びでもまた

まぶしさは
日々の暮らしに
ふりそそぐ
今生きること
かけがえなきこと

これでもか
そう思うまで
やってみる
良くてもダメでも
道は開ける

思いやり
はなれていても
近くても
ただただ思う
元気を願う

追い風も
逆に回れば
向かい風
向かい風また
追い風になり

悲しいと
思えば悲しい
嬉しいと
思えば嬉しい
そう自分らしい

忘れずに
感じていたい
先人が
築いてきたもの
気づいてきたもの

新しい世
雨ふり晴れて
虹の空
誰もが架け橋
まごころ美し

人のこと
とやかく言うと
哀しくて
自分のことは
なお哀しくて

まわり見る
すべてのものが
一日で
なり得ないこと
知って尊い

猫よけの
ペットボトルに
見る社会
腰をおろして
見えてくるもの

晴れわたる
空を見上げて
深呼吸
蕾ふくらむ
ようにおなかも

くしゃみする
うわさ話か
風邪気味か
あなたを遠くで
気にかけている

オホホアハハ
笑いが生まれる
仕組みには
人思いやる
タネ入ってる

無駄なこと
しているのかな
それでもいい
大事なことを
浮き彫りにする

優しき人
眼でわかる人
わからぬ人
見てねじっくり
あなたのまわり

絶望よ
気にするなかれ
希望出る
望みは常に
後にひかえる

たてまえが
本音になればと
願う日々
やさしくされたい
やさしくなりたい

悩んでも
歩いて疲れて
寝てみよう
目が覚めたとき
軽くなってる

和尚さん
煩悩どうすりゃ
消えますか
いやいや煩悩
消えず付き合う

誰しもが
わからないこと
あふれてる
正解も答え
間違いも答え

求めれば
叶わぬことに
ふと苛立つ
与えるならば
ふふふと役立つ

満月か
月もホントは
丸いんだ
あの顔この顔
ホントはまるい

自分のこと
自分が一番
知っている
いやいや知らない
まだまだ知らない

比べたら
自分は無力
ふと思う
比べず気づいて
自分の魅力

正しいか
そうじゃないのか
わからぬが
がんばったこと
間違いにあらず

こだわりが
味方だったり
敵だったり
悲観楽観
すべては自分

すべてのもの
浮かんで消えて
また浮かぶ
考えすぎず
寝かせてあげる

後悔も
満足するも
後味だ
落ち込むことさえ
やったおかげだ

人生は
願いまして
はご縁なぁり
足して引いては
答える日々なり

太陽に
お礼を言うこと
忘れてた
家族や仲間に
忘れてないか

がんばって
がんばってんだ
知ってるぞ
どうにもならぬ
どうにでもなる

なぜ言わない
なぜ言ったんだ
なぜ気にする
自分本位が
基準になってる

動いている
心臓頭
この体
大事にいたわる
共に生きてる

先のことは
自分も誰にも
わからない
考えないで
生きるが答え

金言は
偉人もすごいが
よく聞こう
自分のまわりの
人の言の葉

ひとつだけ
願いが叶うと
するならば
自分を願うか
まわりを思うか

欲望が
限りなくあり
心奪う
今の幸せ
気づかぬ自分

木漏れ日が
さしこむ窓に
身を置けば
なんだか力が
湧いてくるんだ

気を引きしめ
心と体
整えて
おだやかに生きる
他人思いやる

赤ん坊
泣くのが仕事と
笑って言う
大人になれば
笑いながら泣く

幸せに
なりたい自分も
いるのだが
幸せになって
ほしい人もいる

左胸
手を当て鼓動
感じれば
生かされている
感謝して生きる

あのときは
思わなかった
ことがある
気づける幸せ
ありがたく生きる

本人じゃ
ないとわからぬ
こともある
本人じゃないから
わかることもある

ありがとう
言える誰かが
いることが
幸せなんだ
今日も言おう

つらいのに
礼にはじまり
礼におわる
その生き方に
心ふるえる

世の中は
思ったとおりに
いかないが
思わぬいいこと
あることもある

風の音
傘打つ雨音
生の音
ありがたいふと
心臓の音

思い通り
いかないことが
多すぎだが
思い通りに
いきすぎてもなぁ

泣いたなら
その何倍も
笑おうよ
あなたを思う
人も笑うから

近しいほど
わからないこと
増えていく
当たり前ほど
当たり前ならず

すれ違う
人たちの服
厚くなり
心も着込んで
あげてと願う

振り向けば
人の支えが
ありました
今見えずとも
支えられている

悲しいと
思う私を
悲しんで
くれるあなたを
悲しませないぞ

やさしさが
心にしみる
幸せに
その人の顔
浮かべありがとう

ときに思う
なるようになる
そう思う
一心不乱に
前を向くんだ

先生に
一年目のとき
あるように
誰もがはじめに
わかるはずなく

経験は
自分にとって
宝なり
経験聞くこと
宝聞くこと

がむしゃらに
がんばってきた
あなたには
見える見えない
支えあったんだ

どうしたら
いいのかわからず
迷ったら
深呼吸して
好きなもの飲もう

しあわせに
なってほしいと
願う人
きっとあなたも
しあわせになる

何してる
自分が一番
好きなのか
身近なことに
幸せあふれる

とりあえず
動いてみると
散歩でも
見えぬ重さは
見えて軽くなり

世界とは
地球だったり
世の中や
ジャングルだったり
あなただったり

考えた
あげくの事と
動いてみた
結果の事と
向き合ってみる

いいことが
ないなと思う
自分なら
いいこともある
そうも思える

うまくいく
いかないことも
あるもんだ
どちらもあるから
幸せしみる

花が咲く
前には蕾の
時期がある
人は何度も
蕾に花に

迷ったら
深呼吸して
水を飲み
その時吹く風
追いかけるだけ

何もない
嘆くことなし
だからこそ
これから何か
いいことあるよ

日々変わる
暮らしの光景
懸命に
春夏秋冬
暮らせば絶景

ほっこりと
思い浮かべる
人がいる
その時あなたも
思われている

広い宇宙
わからないこと
だらけという
ひとりヒトリも
まだわからない

グチ言う人
グチ言えぬ人
グチ聞く人
グチ言わぬ人
グチまざらぬコト

考えても
どうにもならない
ことがある
そんなときほど
一回寝てみる

一歩進む
近くなるのか
遠くなるか
歩みはつながる
無駄足はない

晴れの日が
気持ちよかったり
雨の日が
しっとり感じる
そんな日々嬉し

ためらいは
誰にでもある
じっくりと
考え見つめ
時と風に聞く

なんとかなる
困ったときに
つぶやこう
がんばる自分を
見捨てはしない

両手にある
不安の種と
希望の種
無くせはしないが
植えるのは自分

あの人を
思えばあふれる
優しき日々
わたしは優しく
できてるだろうか

昔から
人の振り見て
直せという
我が振りも
また人も我も見る

ほめられたら
誰でも嬉しい
どうかひとつ
たまには自分を
ほめちぎり笑顔

つぶあんが
こしあんになる
道もある
わかるときがくる
どちらも美味しい

掲げたい
一日一回
誰かのこと
笑顔にできたら
素晴らしいなと

してもらい
うれしいことを
してみると
うれしいきもちに
なっているんだね

つらいとき
癒やしてくれる
人やもの
私も誰かの
そうでありたい

苦悩の上
らをつけたなら
楽脳に
ゆっくりおだやか
牛歩で進もう

悩んだら
考えること
忘れること
食べて寝ること
そして起きること

人々の
才能にふれ
感動する
それは幸せを
感じる才能

できること
思いやること
ほめること
感謝すること
心に問うこと

昔なら
できてたことが
今できない
それも笑って
限りを尽くす

我が人生
一片の
悔いはなく
ただ何遍でも
感謝をしたい

気がつけば
自分もまわりも
愛おしい
奇跡に包まれ
全てに感謝

大いなる
愛に包まれ
育てられ
感謝と陳謝
心より捧ぐ

人知れず
あなたを思う
人がいる
ただ穏やかに
過ごせるように

一息つく
思い出される
顔がある
あなたは元気で
おいでだろうか

振り向くと
いろんな人が
いる嬉しさ
振り向いた人の
そうでありたい

生きるとは
何なのかまだ
わからない
だから最後まで
生きてやるんだ

ふとんの中
今日の終わりに
感謝しよう
ありがとうからの
おやすみなさい

出会ってから
とにかく楽しい
日々でした
ありがとあふれ
あなたに幸あれ

あとがき

皆さん！　この度は、私の本を読んで頂いて、誠にありがとうございます。思い起こせば、ツイッターで長文になりがちな私の綴るクセを、どうにか短くするには!?　という思いから、五・七・五・七・七の短歌調でツイートしようというのが始まりでした。はじめは何をつぶやこうかと思っていたのですが、頭に浮かんできたことをたまにツイートし、それがたまってきたので、いつか本にできたらいいなぁと夢を描いておりました。

読んで下さった人が、少しだけでも、心がふわりとしたり、元気が出たらいいなぁという思いで綴ってきましたが、実は、自分に言い聞かせることを綴ってきたのだと思います。あっ！　また長文になってきておりますので、このへんで失礼いたします！

最後にこの本を出版するにあたり、ご尽力いただいた、飯塚書店の飯塚さん！　ライターの生嶋さん！　恩人の川岸さん！　私の詩をご紹介いただいているイッツコム「ウド様おねが～い‼」のスタッフの皆さん！　キャイ～ンのティアチャンネルのスタッフの皆さん！　鈴木さん！　崎山マネージャー！　対崎マネージャー！　土肥原マネージャー！　そして、いつも応援してくれる相方の天野く～ん！　ファンの皆さん！　誠に、ありがとうございました。
本人に成り変わりまして、厚く御礼申し上げます。あっ！　本人でした！　失礼いたしました！

キャイ～ン　ウド鈴木

ウド鈴木（うどすずき）

1970年1月19日、山形県生まれ。

1991年に、天野ひろゆきとお笑いコンビ『キャイ〜ン』を結成。

バラエティーを中心にドラマでも活躍。レギュラー番組「旅してゴメン」（メ〜テレ）「定禅寺しゃべり亭」（NHK仙台）、「キャイ〜ンのティアチャンネル」がYouTube配信中！

ウドの31音

2023年5月5日　第1刷発行

著　者　ウド鈴木
編　集　いくしままき
発行者　飯塚行男
発行所　株式会社 飯塚書店
〒112-0002　東京都文京区小石川5-16-4
TEL 03-3815-3805 FAX 03-3815-3810
http://izbooks.co.jp
印刷・製本　モリモト印刷株式会社

© Udo Suzuki 2023　ISBN978-4-7522-6037-0　Printed in Japan